KB044717

그리움 반 스푼, 사랑 한 스푼!

나와 친구들과 우리들의 비밀 이야기

김개미 시 · 그림

문학세계사

— 나의 심장, 나의 춤, 내 안의 아이에게

|차례|

4. 엄마 생각

5. 다시 걷고 싶은 길

울음이 많은 것을 극복하지 않기로 한다.
울음은 슬픔을 달래는 의식과도 같은 거니까.

1

월요일 오전의 티타임

아스팔트 위의 지렁이

여기까지 와서 숨이 찬 게 아니야,
숨이 차서 여기까지 왔어.

10 월요일 오전의 티타임

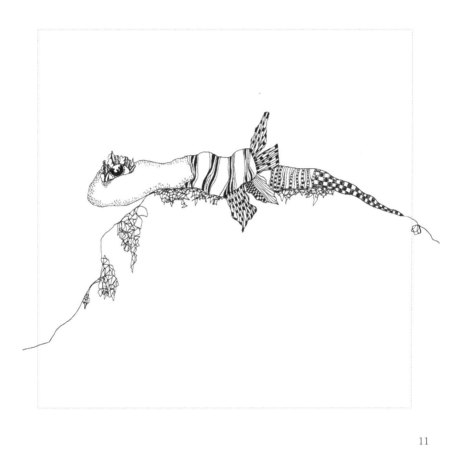

11

나와 친구들과 우리들의 비밀 이야기

"아무에게도 말하지 마. 너만 알고 있어."
나는 친구들의 비밀 이야기를 잘 들어주었고,
한번 들은 이야기는 끝까지 지켜주었다.
그렇게 나는 친구들의 비밀을 거의 다 알게 되었다.
그런 이유로 친구들은 나를 항상 필요로 했고
같은 이유로 친구들은 나를 항상 불편해했다.

12 월요일 오전의 티타임

가끔 하는 이상한 생각

누군가 이미 나의 삶을 살았을 거야.

나는 그의 조언 없이 그의 삶을 사는 거야.

거짓말

별거 아니야.
갖고 싶은 것, 하고 싶은 것, 이루고 싶은 것……
들을 나열하면 거짓말이 돼.

16 월요일 오전의 티타임

월요일 오전의 티타임

어떤 사람이 울면서 자기 슬픔을 이야기하길래
함께 울며 그의 슬픔을 나누었어요.
그리고 나의 슬픔을 이야기하니
그는 큰 소리로 웃으며,
이 세상에 슬픔은 딱 하나 있는데
바로 그걸 자기가 가졌다는 거예요.
그가 웃는 동안
그의 웃음소리가 그런 말을 하더라고요.

19

아이언 맨

"사막에 떨어뜨려도 넌 살아 돌아올 거야."
그런 말로 마음 편할 생각하지 마세요.
내가 강해지면 나를 염려하지 않겠지요.
강철 같은 사람은 없어요.
상대가 지쳐 쓰러져 힘겨워 할 때
든든히 곁을 지켜주고 바라봐 주는 것,
강철 같은 사람은 그렇게 되는 거예요.

급소

내게, 엄마가 없다는 상처.
그 빈자리.

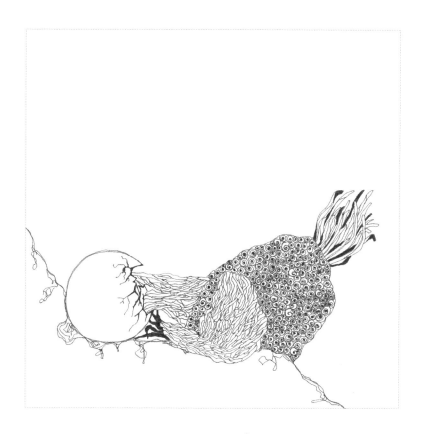

잠수

나의 바다에는 고래가 살아.
그는 간혹 무슨 말인가를 하려 해.
그의 말을 들으려면
혼자 있어야 해.
그렇지 않으면
고래는 떠나.
고래가 없는 바다는 싫어.
그러니 가끔 혼자 있는 나를 이해해 줘.

괴물

"어떻게 너는 이렇게 이상하고
징그러운 괴물들을 많이 그렸니?
너도 혹시 괴물 아니니?"
내 그림을 본 사람들이 말하죠.
"외로울 때마다 펜 가는 대로 마음을 맡겼어."
라고 답하기 싫어서
내가 괴물일지도 모른다고 했어요.

오늘 나는 두 마리 괴물들과 함께 있으며
마음이 먹먹해졌어요.

27

나와의 싸움

꿈에서 나를 괴롭히던 괴물이
이제는 어느 때, 어느 곳에서든
나의 잘못과 부끄러움을 훔쳐보며
비난의 눈총을 가시처럼 따갑게 쏘아 댄다.
하지만 나는 그 괴물을 피할 수 없다.
어차피 괴물은 내가 만든 것
나와 싸워 이겨야 한다.

28 월요일 오전의 티타임

11층 우리 집에서

밤새도록 귀뚜라미 울음소리를 듣고 결론지었다.
귀뚜라미는 엘리베이터를 탈 줄 안다고!

몰랐던 거야

모두가 부러워하는 사람을 부러워하지 않았던 것은
내 마음이 넓어서가 아니었어.
나는 단지 그의 세상을 몰랐던 거야.

모퉁이

모퉁이를 돌면 무엇이 나오길 바라?
첫사랑? 추억? 바다? 꽃집?
아니, 아니! 모퉁이를 돌면
또 다른 모퉁이가 나왔으면 좋겠어.

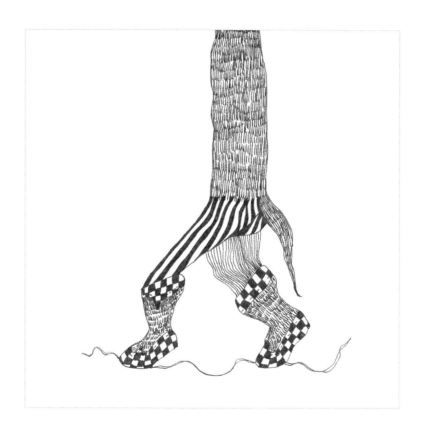

정당방위

책상으로 기어 나온 벌레를 꾹꾹 누른 건
어떻게 해야 할지 모르기 때문이었어.

마음의 소리

말을 많이 하면
"마음에도 없는 소리를 했나?"
걱정하고,
말을 적게 하면
"마음에 없는 소리라도 좀 할걸."
후회한다.

生. Show

빨래를 개다가 널빤지 같은 수건을 손바닥에 세워 본다.
음악을 틀어 놓고 갖은 멋을 내어 시를 낭송한다.
베란다에 나가 저팔계 목소리로 노래를 부른다.
혼자 있을 때 나는 가장 멋있다.
아주 매력적이지!

2
이별 증후군

사랑

너를 생각하면 비밀로 하고 싶고,
나를 생각하면 자랑하고 싶고.

너를 그릴 때

밤하늘을 그리면,
내 마음속에는 끝이 보이지 않는 숲이 펼쳐진다.

별 하나를 그리면,
내 마음속에는 끝없는 향기의 꽃밭이 펼쳐진다.

네 얼굴을 그리면,
내 마음속에는 밤하늘의 모든 별이 반짝인다.

손

손을 잡으면 말하지 않아도 돼요.
하지만 그건 아주 좋은 대화죠.
거짓말은 할 수 없어요.

눈 오는 밤

눈보라 몰아치는
그대 사나운 꿈속으로
날개를 접고 조용히 내려앉았으면.

당신 생각

너무도 오랫동안 당신을 그리워해서
당신을 보는 게 두려워.

그토록 오랫동안 내 마음에 새겨진 얼굴이
당신이 아닐까 겁이 나.

행복한 고백

너를 만나고 돌아와
이런 목소리 저런 목소리로
"사랑해!"
혼자서
나 참 많이 고백했다.
너 대신 나의 고백 들으며
나 참 많이 행복했다.

너 때문이야

외로웠어.
너를 만나기 전부터.
하지만 너를 만난 후론
'너'가
외로움의 원인이 되었지.

사랑의 때

사랑에 빠진 나는
갈팡질팡하며
멍청한 소리를 해대고
괜한 의심과 질투에 휩싸인 채
귀중한 시간을 헛되이 보냈어.
사랑의 방법을 몰랐던 그때
나는 누군가를 사랑하였고,
사랑의 방법을 알게 된 지금
그 사람은 내 곁을 떠났지.

불행의 이유

어느 날 아침 일어나 보니
냉장고 돌아가는 소리, 윗집 사람들의 웃음소리 나직하게 들렸어요.
그런데 당신의 모습은, 당신의 미소는 어디에도 없었지요.

눈물을 닦으며 의자에 앉았을 때 식탁에서 노란 쪽지를 발견했어요.
행복하게 잘 지내라는 당신의 메모였지요.
하지만 어찌 그럴 수 있나요?
나는 당신의 말을 듣지 않기로 했어요.

악역

알다시피 사랑이 끝날 때는 잊지 못할 장면이 나와.

당연히 그 장면엔 죽도록 사랑했던 연인이 함께 출연하지.

그중 한 사람은 이별을 말해야 하는데

그는 정말 용기 있는 사람이야.

이별의 고통과 함께

나쁜 사람도 되어야 하지.

이렇게 우린,

사랑할 때 모두 훌륭한 배우가 되지.

거울

당신이 떠나고 나서
당신이 보던 거울을 매일 들여다봤어요.
어느 날인가
당신 얼굴이 나타날 것 같았어요.

이별 증후군

모든 사람의 얼굴에서
그 사람이 보여.
어느 곳에 가도
나를 보는 그 사람이 있어.

러브 엔딩

너와 사랑하던 때에는
만날 수 없는 시간을 견디느라 힘들었다.
너와 헤어진 지금은
너와 만났던 시간을 견디느라 힘들다.

네가 없는 날

무심코 뱉은 한숨이 하늘의 구름을 흩어 놓았다.

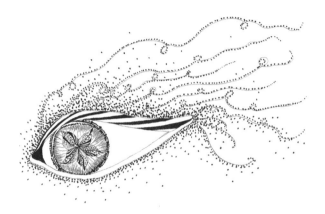

사랑의 기억

나를 안아 줄 수 없어서
네가 필요했는지 몰라.

너에 대한 기억도
나에 대한 기억이야.

사랑의 방식

너를 만나지 않고
너를 생각하는 게 좋아.
너와 말하지 않고
너의 마음을 듣는 게 좋아.
너는
이런 내가 불만이었지.
하지만 나는,
너를 만나지 않고
너를 느낄 수 있었어.
너와 떨어져 있을 때
나의 사랑은 커져 갔어.

헤어지던 날

푹 숙인 고개
머리카락에 덮인 얼굴.
그 사람은 계속해서
한숨을 뿜어내었지요.

그 순간
개나리꽃 길을 함께 걸었던
4월 어느 날 그의 얼굴이
피어올랐어요.

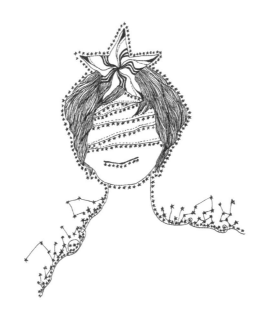

3
Mr. Lonely

낮달

밤엔 숨을 수 없어 낮에 숨으려고 나왔어요.

비밀

비밀이 없다는 건 좋은 게 아니야.

비밀이 없다는 건 아껴 둔 기쁨이 없다는 거야.

위독한 고독

방 안에 누워 있는데,
외벽을 걸어가는 누군가의 그림자가 느껴진다.

85

봄볕

커튼을 친다고 돌아갈 햇살인가.
문을 닫는다고 기다릴 바람인가.

바늘

상처를 먹으려고 나는 태어났다.

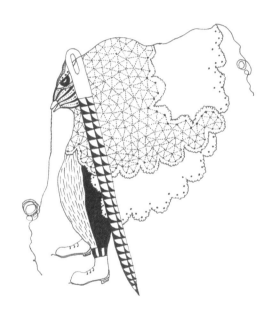

결승선

줄곧 선을 지키며 달려온 그대,
이제 온몸을 던져 선을 넘어라.

잔소리

스스로 무엇이 되지 못한 사람이
남에게 무엇이 되라 하는 소리.

93

사랑 쌓기

완성한 집이 무너지는 것보다
완성하지 못한 집이 무너지는 게 더 슬퍼.

Mr. Lonely

당신을 싫어하는 게 아니에요.

당신을 피하는 게 아니에요.

혼자 있을 때 당신을 가장 사랑할 수 있어요.

내가 싫을 때

혼자 있는데도 혼자 있고 싶다.

심장

내 가슴 속에서는 1초마다 꽃이 핀다.

반달

달을 반으로 자른 건
지구의 그림자야.
사랑을 반으로 자른 건
마음의 그림자야.

입 안의 침

있는 줄 모르면 충분히 있는 거야.

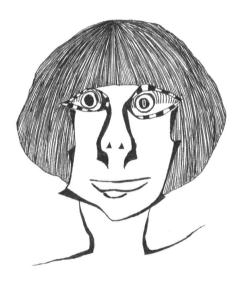

빈방

얼마나 오랫동안 잊고 있었던 걸까.
선인장이 가시를 발라 놓고 죽었다.

넝쿨장미

꽃으로 엮은 망토를 입고
가시로 짠 속옷을 입고.

좋은 소설

책을 덮은 후에 눈을 감고 한 번 더 읽지.

실종

내가 내게 저지를 수 없는 한 가지.

나쁜 책

한 권을 읽기 위해
여러 권이 필요해.

4
엄마 생각

자장가

자장, 자장, 자장, 자장……

잠들기 전부터 날 달래 준……

자장, 자장, 자장, 자장……

잠든 후에도 날 달래 준……

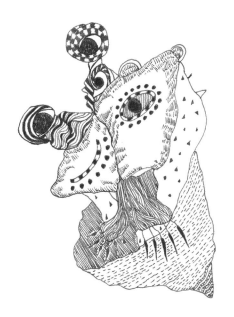

엄마의 일

내가 집에 없는 날에도 내 밥을 하고

내가 늦지 않는 날에도 나를 기다리고

내가 춥지 않는 밤에도 이불을 덮어 주고

밥 냄새

잘못한 사람이 아무도 없어도

누군가 용서하고 싶어지는 저녁.

병간호

아픈 엄마를 일으켜 앉히려면
엄마보다 더 아파야 했다.

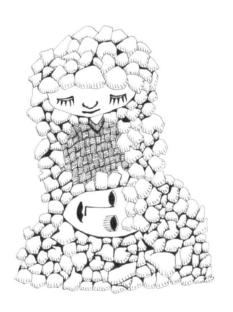

125

비누

나를 씻기고 어루만지며
작아져 가는 엄마 같은.

행복한 꿈

캥거루로 태어나고 싶어.
엄마 주머니 속에서
따뜻한 젖 먹으며
행복하게 자라고 싶어.

다 자란 다음엔
내 주머니 속에
아기 캥거루 넣어
행복한 꿈 지켜주고 싶어.

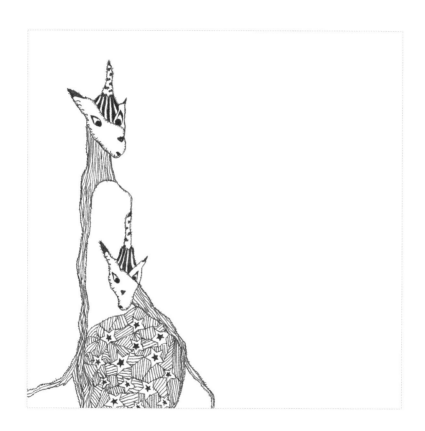

129

그 아이

어린 시절 그 아이가 생각나.

기억 속 그 아이가

지금까지 좋은 건

어른도, 그 무엇도 되어 있지 않아서야.

직각의 관계

이 밤, 내가 누워 편히 쉬고 있으니
너는 나를 지키며 서 있겠구나.

통나무 의자

내 삶의 시커먼 옹이와 격렬한 뒤틀림을 기억하기 위해
나는 저 의자를 버리지 못하고 있다.

135

눈 오는 날

눈이 펑펑 오는 날
눈사람 옆에서 눈사람이 되었습니다.

장님

때로 사람들이 묻습니다.
아침이 오는 것을 어떻게 아느냐고.
나도 궁금해요.
아침은 어떤 옷을 입고
어떤 표정으로 오는 걸까요?
길고 긴 나의 밤이 한 번만이라도 물러간다면
말해 줄 수 있을 텐데요.

적

친구보다 오래간다.

오늘

오늘이 어떤 날인지 오늘은 몰라.
그러니 오늘은, 절망하지 말자.

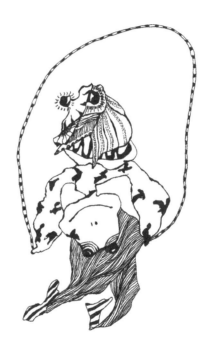

선물

아픈 엄마에게 립스틱과 반지를 사다 준 건
잘한 일이었다.
엄마 유품을 정리할 때 그걸 알았다.
누군가가 손에 쥐여 준 만 원짜리 지폐는
성경책 갈피에서 수도 없이 나왔고
뜯지도 않은 건강보조식품은
서랍장을 가득 채우고 있었지만,
내가 사다 준 빨간 립스틱은
절반 넘게 닳아 있었다.
세 돈짜리 금반지는 끝내 나오지 않았다.
10년 넘게 앓아 누운 엄마에게

립스틱과 반지를 사다 준 건

잘한 일이었다.

엄마 생각

엄마는 아직도 아픈 것 같다.
솜이불을 덮고 누워 창밖을 내다보는 엄마.
늦은 봄 뻐꾸기 소리를 들으며 거울을 보여 달라는 엄마.
힘없는 손으로 내 머리를 땋아 주던 엄마.

엄마는 아픈 것 같다.
살구나무가 있던 그 집에서,
아직도……

별빛 눈물

아버지라고 매일
술이 마시고 싶으셨을까.

아버지의
젖은 눈 속에 얼비친
밤하늘의 별들은
빈 잔에 떨어져 아프게 빛났다.

내 가슴도 파란 별빛으로 물들었다.

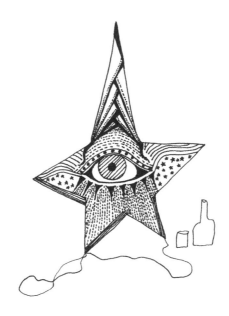

5
다시 걷고 싶은 길

마트료시카*

제일 바깥쪽 인형 하나를 받고
그 아이는 행복했어요.
어쨌든 그 아이는 인형 하나를 받았으니까요.

제일 바깥쪽 인형 하나를 받고
그 아가씨는 실망했어요.
어쨌든 안에 든 인형 아홉 개를 못 받았으니까요.

* 러시아 전통 인형.

외로울 때

큰 소리로 노래를 하다가
잘 하지 않던 청소를 하다가
괜히 웃으며 텔레비전을 보다가

155

우는 아가에게

아가야, 어서어서 울어라.
네 작은 슬픔이 떠나가기 전에.

자기 얘기

입으로 하면
듣기 싫은 얘기.
글로 하면
읽고 싶은 얘기.

159

이곳에 살기 위하여

가 닿을 수 없는 먼 곳이 있어야 해.
그저 바라볼 수밖에 없는 곳 말이야.
결코 가 닿을 수 없는 저 먼 곳이 있어야
발 디딜 이곳이 있게 돼.

빗자루를 짚고 서서

할아버지는 마당을 쓸다 말고
빗자루를 짚고 서서
먼 하늘을 바라보곤 했다.
할아버지가 돌아가시고 나서는 내가
할아버지처럼 빗자루를 짚고 서서
먼 하늘을 바라보곤 한다.
누군가가 못 견디게 보고 싶어지면
스스로 그 사람이 되어 간다는 것을
알게 되었다.

지렁이

나의 길은 땅속에 있어.
보이지 않는 곳에 더 많은 길이 있어.

목숨

목숨이 하나란 게 얼마나 다행이야. 게임에서처럼 목숨이 세 개면 얼마나 끔찍할까! 죽기 전과 똑같은 상황에서 살아나 피 터지는 싸움을 다시 해야 한다면? 목숨이 하나란 게 얼마나 다행이야.

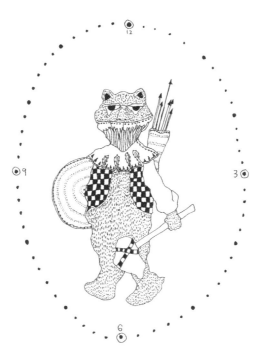

12

9

3

6

167

천사의 위로

네가 천사를 만났다면
그건 네게 천사가 필요했기 때문이야.
네가 천사를 만나지 못했다면
그건 네가 잘 살아왔기 때문이야.

입이 필요해

오늘 나는 입이 없어요.
하고 싶은 말은 산처럼 많지만
할 수 없어요.
오늘 나는 온종일
입을 찾아다녀요.
돌멩이도 쿠키도 지우개도 내 입이 아니에요.
혹시, 오늘 나에게 줄 만한 게 있다면
입을 잠깐 빌려 줘요.

171

숨 막히는 통화

엄마가 전화 작작하란다.
낮은 목소리로 그에게 말한다.
그의 목소리도 나를 따라 낮아진다.

엄마가 그만 전화 끊으란다.
속삭이는 목소리로 그에게 말한다.
그의 목소리도 나를 따라 속삭인다.

엄마가 문을 두드린다.
전화기를 가지고 이불 속으로 들어간다.
그의 목소리도 나를 따라 이불 속으로 들어간다.

한여름에 이불을 덮어쓰고

땀을 뻘뻘 흘리며

숨 막히는 통화를 한다.

건망증

이런,
오랫동안 입던 옷들을 버리려고 나왔는데
내다버릴 바지를 입고 나왔네!

리드미컬한 풍경

　'딱, 딱, 딱, 딱'
아이를 업은 여자가
목발을 짚고
목련이 만발한 사진관 앞을
리드미컬하게 지나갔다.

천고마비 가을

설날에 나이를 먹는 데 동의할 수 없어요.
가을에 나이를 먹어야 어울릴 것 같아요.

179

다시 걷고 싶은 길

어느 여름
한적한 시골길에서
갑자기 비를 만났지.
우산도 없었고
비를 피할 곳도 없었어.
옷은 젖고
머리는 헝클어지고
화장은 지워지고
가방 안까지 빗물이 새어들었어.
가끔 그 길을 다시 걷고 싶어.

나에게 하는 말

당신이 감옥에 가지 않은 건
단지 운이 좋아서야.
다른 사람들이 저마다 죄를 짓느라
당신의 죄를 보지 못해서야.

세상에서 제일 맛있는 차

잠든 아기가 다스리는 고요,
그 나라에서 마시는 차.

옆에 사람들이 있었어요.
무척 울고 싶은 순간이었지요.
그때 어디선가 뻐꾸기 울음이 들려 왔어요.
그 소리가 없었다면 나는
울음을 참지 못했을 거예요.
새와 바람과 꽃들의 소리는
마음을 위로해 줘요.
내가 그 소리를 듣지 못했다면
아마 이 책은 없었을 거예요.
책에도 그런 소리가 있어요.

들리지 않는 속삭임이지만

당신은 들을 수 있을 거예요.

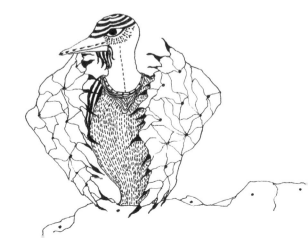

그리움 반 스푼, 사랑 한 스푼!

나와 친구들과 우리들의 비밀 이야기
김개미 시 · 그림

초판 1쇄 발행일 2015년 11월 16일

지은이 · 김개미
펴낸이 · 김종해
펴낸곳 · 문학세계사

주소 · 서울시 마포구 신수로 59-1(04087)
대표전화 · 02-702-1800 팩시밀리 · 02-702-0084
이메일 · mail@msp21.co.kr
홈페이지 · www.msp21.co.kr
페이스북 · www.facebook.com/munsebooks
출판등록 · 제21-108호(1979.5.16)

값 10,000원
ISBN 978-89-7075-700-1   03810
ⓒ 김개미, 2015

이 도서의 국립중앙도서관 출판예정도서목록(CIP)은 서지정보유통지원시스템 홈페이지(http://seoji.nl.go.
kr)와 국가자료공동목록시스템(http://www.nl.go.kr/kolisnet)에서 이용하실 수 있습니다.(CIP제어번호:
CIP2015029475)

이 책은 한국출판문화산업진흥원의 '2015년 우수 출판 콘텐츠 제작 지원 사업' 당선작입니다.